Deslumbradores

Translated to Italian from the English version of Dazzlers

Elanaaga

Ukiyoto Publishing

Todos os direitos de publicação globais são detidos por

Ukiyoto Publishing

Publicado em 2024
Conteúdo Copyright © Elanaaga

ISBN 9789362698292

*Todos os direitos reservados.
Nenhuma parte desta publicação pode ser reproduzida, transmitida ou armazenada em um sistema de recuperação, de qualquer forma por qualquer meio, eletrônico, mecânico, fotocópia, gravação ou de outra forma, sem a permissão prévia do editor.*

Os direitos morais dos autores foram afirmados.

Esta é uma obra de ficção. Nomes, personagens, empresas, lugares, eventos, locais e incidentes são produtos da imaginação do autor ou usados de forma fictícia. Qualquer semelhança com pessoas reais, vivas ou mortas, ou eventos reais é mera coincidência.

Este livro é vendido sob a condição de que não seja, por meio comercial ou de outra forma, emprestado, revendido, alugado ou de outra forma circulado, sem o consentimento prévio da editora, em qualquer forma de encadernação ou capa diferente daquela em que é publicado.

www.ukiyoto.com

Ao meu grande amigo, Dr. D. Narayana (Dubai).

Conteúdo

Cadáver Vivo	1
Realização	2
A mudança	3
A alegria fugaz	4
Obtrusão	5
Semblante sensível	6
Quantidade - Qualidade	7
Desilusão	8
O efeito	9
Manifestação	10
Miss Fortuna	11
Absurdidade	12
Postura – Sucesso	13
O teste maior	14
Síndrome 'Like - All'	15
O Tempo Ensina	16
Dor – Prazer	17
Felicitação feliz	18
Intrínseco	19
Imadivinhável	20

Remédio certo	21
Incompatibilidade	22
Deleite	23
Aberração	24
Soluços Sagrados	25
Esforço – Efeito	26
O Mellowing	27
A principal commodity	28
Descontentamento	29
Tentativa – Resultado	30
Revestimento Protetor	31
Percepção	32
Disparidade	33
Ocultação	34
Bane – Boon	35
Variação	36
Moradias - Seus Papéis	37
Distinção	38
Fortuna de quarenta piscadelas	39
O Grande Destruidor	40
Discernimento Diferente	41

Fortuna da Harmonia	42
Poder do lugar	43
Experiência – Consequência	44
Benefício de ser velho	45
Brilho – Menosprezo	46
Brilho superficial	47
Eminência	48
A umidade faz o	49
Maravilha	49
Facebook – Um verdadeiro gancho	50
Sham Straight Atiradores	51
Notas	52
Hype – Fallout	53
Palavras – Valor	54
Poesia – Poeta	55
Poema prematuro	56
O Miser	57
Círculo	58
Invasão	59
A dor do peso	60
Palheiro	61

A Era das Algemas	62
Cansaço	63
Charme externo	64
Discrepância	65
Nova Verdade	66
Defeito	67
Incomodar	68
Apatia – After Effect	69
Raízes do Charme	70
O Brilho Exterior	71
Sobre o autor	72

Cadáver Vivo

Apesar de ter olhos
  Não consigo ver coisas bonitas
  Embora eu tenha ouvidos
  Não consigo ouvir notas doces
  Eu tenho um coração
  Mas nela nascem sentimentos
  Um cadáver não é melhor do que eu?

Realização

Ter se tornado rico
Eu provei todos os luxos
Mas passar um dia com um indigente
que é um exemplo de virtude
Percebi que sou o mais pobre

A mudança

Corri com uma espada na mão
cortar a cabeça de um homem altivo
Mas movido pelo seu sorriso carinhoso
ofereceu-lhe flores,
caiu prostrado diante de seus pés
e voltou.

A alegria fugaz

Fiquei inchado de alegria
quando cheguei à superfície da terra
de um desfiladeiro profundo,
mas logo entristecido ao perceber
Tenho que escalar uma montanha.

Obtrusão

Deixando de lado o propósito
algumas palavras correm discretamente
à frente na poesia;
Sempre, esse conhecimento
deve estar presente na mente do poeta.

Semblante sensível

Exultou por ter

a tez mais justa

em toda a classe.

Mas quando um menino mais justo se juntou,

seu rosto "ficou escuro".

Quantidade - Qualidade

Trompetou um poeta assim:
"Escrevi pilhas de livros."
A qualidade, não a quantidade é que conta,
ele deveria perceber.

Desilusão

A falta de prosperidade é uma pedrinha,

A falta de satisfação é uma grande montanha.

A fortuna da criatividade é o sol;

conteúdo do material de conforto,

apenas uma luz de velas.

O efeito

Quando era jardineiro,
Jasmins floresceram em sua respiração.
Mas quando se tornou funcionário de um clube
só o fedor da moeda prevaleceu!

Manifestação

Sentado em uma sala fechada,
Abri um jornal.
O mundo exterior
Deite-se diante de mim.

Miss Fortuna

Triste ele estava,

pois ele não tinha escadas

Como chegou o bom momento, ele conseguiu um.

Mas não pode usá-lo

já que ele está acamado

Absurdidade

Quando uma cabeça sem brilho se move
em um carro Benz novo
todas as cabeças se voltam para ele
Mas nenhuma cabeça se importa em olhar para
uma montanha de erudição
andar em uma scooter precária
Este é apenas um incidente comum

Postura – Sucesso

Meu inimigo rugiu como um tigre,
brotou como um leão.
Intrépido, eu fui.
Mas mais tarde, quando ele
Manteve uma calma séria
Eu tremia de medo

O teste maior

Terminei de fazer meu exame

Agora se preparando para um teste ainda maior

O que é?

Aguardando os resultados

Do exame!

Síndrome 'Like - All'

Desconcertado estou
quando vejo a safra de 'curtidas' no Facebook
Nada é desagradável!
Isso não é um enigma inquebrável?

O Tempo Ensina

Até que as responsabilidades me assustaram
Não percebi o valor da infância
Até que me perdi na floresta profunda
Não reconheci a delícia do quintal

Só quando uma chama canta
O valor da neve é conhecido talvez

Dor – Prazer

Tenho nojo de mim,
  Vitória atrás de vitória me abateu.
  Estressado estou
  Pois a derrota me escapou

  Miséria, talvez
  é melhor do que prazeres dolorosos

Felicitação feliz

O deserto que
sonha ousadamente nuvens densas
merece felicitações com
grinaldas de gotas de chuva

Intrínseco

Personalidades determinam pessoas

Aquele que adora adaga adaga
não gosta de compaixão
O outro que cria coelhos
detesta a crueldade

Imadivinhável

Quando a lua está se escondendo atrás de nuvens

nós podemos conhecê-lo

Mas às vezes não dá para supor

O que está por trás das palavras de alguém

Remédio certo

Ultimamente, o mundo inteiro é
parecendo preto para mim
Pessoas, arredores - tudo
é escuro ao meu redor

Ponderei muito
e escolheu o remédio certo:
Lave o murk
acumulado dentro de mim

Incompatibilidade

Seu coração é macio como manteiga
mas afiado como uma faca
A faca não pode amolecer
Nem pode encarnar como manteiga
O resultado, infelizmente, é -
Ele está lutando contra si mesmo diariamente

Deleite

A música é o Ganges
Raga é uma jangada
Notas são benesses
E a jornada é alegre

Aberração

Quando eu levava a vida de indigente

Eu só queria comida, nada mais.

Agora, tenho comida suficiente

e eis que meu coração está ansioso por uma bicicleta!

Soluços Sagrados

Sempre que lia poesias sublimes, chorava

Sempre que ouvia música boa, chorava

Sempre que me deparei com a humanidade personificada,

Eu chorei

Depois de tantos lamentos

Como meu coração se santificou!

Esforço – Efeito

Onde uma arma está enterrada
Lá brota uma árvore de balas.
Polvilhe sementes de amor
no campo do seu coração, meu amigo.
O afeto cresce abundantemente

O Mellowing

Ele delirava como um touro enfurecido
nas ruas da cidade.
Ao chegar em casa
Crianças recebidas calorosamente
De uma vez, seu coração pedregoso
derretido como gelo!

A principal commodity

As palavras são apenas bainhas externas
 na poesia
É verdade, luta que devemos, por eles.
Mas nada é mais vital do que
o ingrediente principal

Nenhuma poesia pode germinar
em coração seco

Descontentamento

Fazendo da linguagem um fio condutor
Encordoei palavras, fiz guirlandas de
poemas
Tornaram-se linhas perfumadas
Mas palavras, não bem ajustadas
tornaram-se frases sibilantes
e surgiu para me morder

Tentativa – Resultado

Notas doces são secretadas
somente quando os bambus são feridos
As sementes trazem o óleo
só ao ser agredido

Rigorosa labuta
é necessário para bons resultados

Revestimento Protetor

Se você elogiá-lo
ele apenas sorri
Se você criticá-lo
ele apenas sorri
Se você repreendê-lo
ele apenas sorri
Se você batesse nele
ele apenas sorri

Um sorriso tinha sido o espartilho forte
que vinha protegendo seu eu interior
de buquês e tijolos

Percepção

Ragas doces não podem emanar de
flautas de ouro
Pétalas de rosa não podem ser úteis
para cozinhar qualquer caril

Valores monetários
A percepção do homem de Mar

Disparidade

Este é um mundo de disparidades
 Aqui, um peixe grande que engole um menor
 é ela própria devorada por uma ainda maior
 Da mesma forma, um sujeito alto
 é superado por um mais alto
 Todo mundo tem que se esforçar,
 centímetros para a frente em etapas
e tente tocar o céu

Ocultação

Um oceano parece tranquilo
pode estar escondendo vulcões;
Algumas pessoas parecem imperturbáveis
bombas estão estourando lá dentro

Não há bitola
que pode medir
devastação interna

Bane – Boon

Se a vida tem que depender
sobre os salários, é uma tragédia
Fortalecimento pelo afeto
e não pela afluência
é a verdadeira prosperidade

Variação

Coração pisa em uma trilha

enquanto o cérebro viaja nas nuvens

Um é ótimo
O outro é bom

Moradias - Seus Papéis

Ficar em casa própria por muito tempo
a pessoa sente vontade de ir para a casa de fazenda
Mas, incapaz de continuar lá
quer chegar em casa

A poesia, para mim, é casa própria
enquanto a tradução é uma casa de fazenda

Mas, ultimamente,
eles trocaram seus papéis

Distinção

Um pássaro voando no céu não é grande
pois tem asas
Uma pipa flutuando no firmamento
também não é ótimo
porque ele tem uma cadeia de caracteres anexada
Um cracker atirando no welkin
também não é surpreendente
já que tem pólvora dentro
Um avião voando alto acima
não é um milagre também
pois o faz com o poder do combustível

Mas a imaginação de um poeta
Tocar o céu é realmente ótimo
Porque sem ajuda é
na realização do feito

Fortuna de quarenta piscadelas

Tentando dormir em um colchão macio
em uma sala de AC, sem sucesso.

Ciúmes é o que me restou
quando vi pessoas pobres
dormindo como troncos em solo duro

O Grande Destruidor

Nada é mais destrutivo do que uma língua

Uma única frase
pode causar estragos em muitos corações
Basta um enunciado
para causar perturbação

Discernimento Diferente

Quando vejo a Índia que entrou na América
Estou muito satisfeito
Mas ao ver a América
que se infiltrou na Índia
Eu me sinto melancólica

Um deles é um sinal do nosso gumption
enquanto o outro
coloca nossa cultura em destruição

Fortuna da Harmonia

Menosprezo um substantivo
Um adjetivo se vangloriava:
"O seu sustento só está em mim"
O substantivo ficou na clandestinidade
não retornou por anos
O adjetivo ficou mal-humorado
e contemplados:
"Só com um substantivo eu tenho glória
Só com um substantivo, eu tenho integridade"

Poder do lugar

Oito cyphers ficaram em fila
à esquerda do dígito um
Este último provocou os zeros:
"Só em mim reside a sua existência.
Sem mim o teu valor tem insignificância"
Os cyphers discutiram
e migrou para a direita a partir da esquerda
Agora
dígito um não tem mais nada
exceto para ficar de cara longa

Experiência – Consequência

Um artigo foi enviado para uma revista
para apreciação e publicação
A revista não imprimiu
mantido em suspenso por muito tempo
Se o artigo tivesse ficado no seu criador
teria recebido atenção diária
Definhado por muito tempo sem cuidados
Voltou depois de muitos meses
Seu criador lamentou
Frequentei todos os dias
O artigo começou a brilhar com um brilho
mas se recusou a ir a uma nova revista

Benefício de ser velho

Eu, que não consigo passar em um teste de senha

sonhado com velhos tempos sem senhas

Naqueles velhos tempos

Os passes foram muitos, os fracassos foram poucos

Brilho – Menosprezo

Uma capa grossa de livro
sempre fala de forma depreciativa
Sobre uma página interna
Mas, a página interna pode conter
matéria profunda
Os brilhos da capa do livro
são brilhos superficiais de tinsel

Brilho superficial

Um coronete riu dos sapatos zombando

Mas, coronet não tem muita utilidade na realidade

Os sapatos são muito úteis, não é?

Eminência

É verdade que é
que ônibus é mais rápido que pedestre
um trem do que um ônibus, simples do que trem
e espaçonave do que um avião.
Mas, é apenas um pedestre
que pode se mover sem
necessidade imediata de combustível

A umidade faz o Maravilha

A poesia profunda não pode nascer
sem garoa no coração
Um seio com bolhas não pode ficar molhado
com palavras que não são úmidas

Facebook – Um verdadeiro gancho

Uma vez mordido pelo bug do Facebook,
Seu cérebro vai começar a adoecer.
Nenhum descanso será obtido nem por um dia,
A paz do cérebro estará sempre à distância.

Sham Straight Atiradores

Algumas pessoas dizem furiosamente
A raiva de fato é muito ruim!
Coitados, são cegos
Para o defeito deles, é triste.

Notas

Alguns não têm e não conseguem

entrar (investir milhares de rúpias) em

negócio.

Alguns outros podem investir milhares de
dólares

mas não pode voltar nem centenas

Hype – Fallout

Eu me considerava um grande poeta,
 fez outros dizerem o mesmo.
 Quarenta anos depois,
 meu nome caiu no esquecimento;
a de outro que escreveu
melhor, mas manteve-se calmo
brilhou intensamente.

Palavras – Valor

Peneirei uma tigela de palavras,
escolheu um punhado deles
por escrever um poema.
O poema saiu bem
Eu não joguei fora
as demais palavras.
Encaixaram-se bem num poema
que escrevi no dia seguinte!

Nenhuma palavra pode ser descartada
para sempre, talvez!

Poesia – Poeta

A poesia é um festão
de reflexões encantadoras
Um poeta trava a guerra
contra ideações desagradáveis
Ele, assim,
simboliza a beleza
em todas as ocasiões

Poema prematuro

Um pensamento poético deve continuar crescendo
   como um feto no ventre de uma caneta.
   Somente quando totalmente crescido
   deve nascer.
   Bebês nascidos antes do termo
   são prematuros e muitas vezes fracos

O Miser

Gosto mais daquele poeta miserável;
sou um pouco ciumento também.
Ele obtém mais benefícios gastando menos
Enquanto eu gasto mais e ganho menos
Por que deveríamos gastar mais?
As palavras, quero dizer.

Círculo

Vendo as quinzenas
de luz e trevas,
devemos pressionar o
Deu a vida ao coração.
A neve no Himalaia
acumula-se no inverno
e derrete no verão

Invasão

Invadindo a parede,
um político obstinado
despejou um gato.
O felino sentia-se tímido

A dor do peso

É difícil descrever a dor
    Das nuvens que não choveu.
    Os que choveu são afortunados;
    Reduzir o peso dos outros
    Não é tão fácil quanto imaginamos.

Palheiro

Cansado estou
Com a busca de uma agulha
Neste palheiro.

Imagens repulsivas assustadoras,
Esboços curtos de cordas que lembram one-liners,
Cocos secos desprovidos de água no interior –
Todos se acumularam neste palheiro
Dificultando a busca

No entanto, não tenho vontade de parar.
Uma tênue esperança de que a agulha
Pode ser encontrado permanece por aí!

***

A Era das Algemas

A mão invisível que amarra
instinto interior com uma amarra
inquieta muito a mente.

Manilhas de seleção de temas para poetas,
grilhões de fé para pensadores espirituosos,
os de intolerância para os homens de maturidade...

Eu tenho que quebrar minhas algemas

Quando virão os bons tempos?
Quando as pessoas estariam livres de algemas?

***

Cansaço

Eu, viajando sob o sol quente
de um meio de tarde fora da cidade...

Árvores altas estão lá,
Mas quanta sombra eles podem oferecer?
Enquanto eu estava ofegante, escorrendo suor,
Uma pequena mangueira me convidou carinhosamente.

Algum edredom está sempre presente neste mundo

Descansando na sombra fresca,
Olhei para as árvores toddy.

***

Charme externo

Com uma parede de pedra ao redor,
um poço está atraindo os espectadores.

Piso de cimento liso, plantas bonitas
adornou seus arredores.
Sua graciosa polia está causando êxtase

As pessoas estão vindo em hordas
para ver o famoso poço.

Mas o poço secou há muito tempo!

***

Discrepância

Pessoas diferentes têm
Parâmetros diferentes.
Até mesmo a referência de uma pessoa
pode variar com o tempo.
Quebrando o mistério
de parâmetros é um grande desafio.

Nova Verdade

Pegando um mouse
cavar um morro não é loucura
quando o rato apanhou
é excepcional, embora minúsculo.

Defeito

Utilizei palavras parcialmente conhecidas
No meu poema.
Não conheço totalmente a sua natureza.
Portanto
Faltava ao poema o sentimento

Incomodar

A discriminação é uma cobra,
discrição um sapo.
O sapo está irritado
se a cobra for convidada a morder.
A serpente está enfurecida
se pedir para desistir!

***

Apatia – After Effect

A indiferença de Dhritarashtra
Diante de Draupadi chorando
É a semente do fogo florestal,
O que queimaria Kauravas.

Raízes do Charme

O grotesco não desaparece
se o espelho for banido.
Prettiness não brota
no solo sem a semente da beleza
mesmo que regado.

O Brilho Exterior

Sentado em uma cabeça,
uma tiara olhou para uma tornozeleira
e denegrido.
Mortificado, este último saiu
emanando notas musicais maravilhosas.

A coroa dançou demonicamente,
acalentou o insulto da tornozeleira.
Mas nada de música nem beleza
existiu em seu prance.

***

Sobre o autor

Elanaaga

Elanaaga é um pseudônimo. O nome real do autor é Dr. Surendra Nagaraju. Ele é pediatra, mas agora está totalmente ligado à escrita criativa, tradução, crítica etc. Ele escreveu 33 livros até agora. Quinze deles são escritos originais (principalmente em língua Telugu), enquanto 18 são traduções. Destes últimos, 8 são do inglês para o telugu e 10 vice-versa. Além de poesia e traduções, escreveu livros sobre propriedade da língua, música clássica etc. Ele fez histórias latino-americanas, africanas, histórias de Somerset Maugham, histórias do mundo e assim por diante.

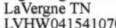

www.ingramcontent.com/pod-product-compliance
Lightning Source LLC
LaVergne TN
LVHW041541070526
838199LV00046B/1784